저피스토

저피스토 ⚖

발행일	2026년 1월 1일

지은이	김점열
펴낸이	손형국
펴낸곳	(주)북랩

출판등록	2004. 12. 1(제2012-000051호)
주소	서울특별시 금천구 가산디지털 1로 168, 우림라이온스밸리 B동 B111호, B113~115호
홈페이지	www.book.co.kr
전화번호	(02)2026-5777　　　　　　　　　　　　팩스　(02)3159-9637

ISBN	979-11-7598-032-7 04810 (종이책)　　　979-11-7598-033-4 05810 (전자책)
	979-11-7598-051-8 04810 (set)

작가 연락처 문의 ▸ ask.book.co.kr

전용 게시판에 문의를 남기시면 저자에게 직접 전달됩니다.

(주)북랩 성공출판의 파트너

북랩 홈페이지와 SNS에서 다양한 출판 솔루션을 만나 보세요!

홈페이지 book.co.kr　　•　**블로그** blog.naver.com/essaybook　　•　**출판문의** text@book.co.kr

카톡채널 북랩

삶과 죽음 사이, 존재의 경계를 건너는 여행

저피스토

상

김점열 소설

북랩

이 소설은 페이지 수가 짧고 비약이 심하며, 인과가 아닌 시퀀스 위주로 되어 있다.

사실 소설보다는 시나리오 작업 전 단계인 트리트먼트 형식에 더 가까울 수도 있겠다.

물론 일부러 이런 형식을 고집한 건 아니지만, 군더더기와 형식을 싫어하는 내 취향이 만들어 낸 결과물이라 생각한다.

앞의 대화 부분이 지루하고 현학적인 부분이 있어서 책을 덮고 싶겠지만, 그걸 인내한다면 대화의 내용과 생각을 기반으로 한 스토리를 반복하는 프랙탈 구조라는 걸 알게 된다.

글에서 하고 싶은 말은 '나'란 사람의 정체성, 즉 "어디까지를 '나'라고 인정할 것인가?"라는 물음에서 출발한다.

그리고 '나'라는 인물의 자유의지는 어디서 발현되며, 신과 인간, 점도와 미옥, 점도와 너끈(애견)의 관계를 한 사람인 점도와 저피스토(점도의 아바타)처럼 확장한다면, 삶과 죽음도 그리 먼 거리에 존재하지 않는다는 생각을 하면서 쓴 글이다.

이런 거대한 담론을 짧은 글로 담을 수 없다는 걸 안다. 그렇지만 태생부터 한계를 가진 언어와

문자를 '길게 쓴들 뭐 그리 달라질까?' 하는 생각도 해본다.

작가의 역할은 한 단어, 한 문장이더라도 사람들이 반복해서 쓰는 언어의 반대쪽에 있어야 된다고 생각한다.

글을 쓰는 동안 우리가 '생존'이라는 큰 명제로 코딩되어지고, 그걸 가능케 하는 기제인 죽음에 대한 공포와 두려움을 나 자신에게 설득하는 일이 가장 어려웠다.

검도 시합에서 배운 걸 정리하자면, 이런 것들이었다.

'내가 두려운 만큼 상대도 두렵다.'

'타고난 신체 능력과 환경 때문에 승패는 의미가 없다.'

'가장 높은 단계의 검도 시합의 의미는 상대를 제압하는 것이 아닌, 상대를 알아가는 과정이다.'

결국 삶도 두려운 죽음을 상대하고, 또 그 죽음을 알아가는 과정임을 인정할 수밖에 없는 것 아닌가 하는 생각을 했다.

그렇다면 우리가 한 번은 겪어야 될 죽음을 꼭 슬프고, 맞이하기 힘든 과제가 아닌 찬란한 아침 해가 뜨는 멋진 곳에서 사랑하는 사람과 함께 맞

저피스토

이하는 것도 괜찮을 것 같다는 생각을 했다.

소설로 포장은 했지만, 결국 죽음에 대한 두려움으로 쓴 글이란 걸 숨기기 어려웠었다.

막내아들 경원과 '롯데타워'를 지나오다가 나는 내 소설 '저피스토'와 저 막대기 같은 건물과 바꾸지 않겠다고 했던 말을 후회한다.

이유는, 책은 출판이 되면 이미 내 소유가 아니기 때문에 굳이 롯데타워를 포기할 이유가 없기 때문이다.

차례

스토리 배경

비가 부슬부슬 내리는 사 월 어느 날 저녁, 광주에서 올라온 친구들과 차로 이동하는 중에 뒤에서 어떤 이가 접촉사고를 낸다.

점도는 친구들과 새벽까지 술을 마신 후, 잠시 바람을 쐬러 근처 포장마차에 들른다.

그곳에서 사고를 낸 사람을 다시 만나는데, 그 사람은 '저피스토'라는 사람이다.

점도는 저피스토를 보고 놀라는데, 이유는…:

오른손의 링 중앙이 뚫린 반지도 같고, 오래되었지만 삶의 흔적처럼 지워지지 않는 전라도 사

스토리 배경

투리와 다부진 체격에 크다고는 할 수 없는 키. 그렇지만 작은 얼굴에 상체와 하체의 비율이 좋아서 매력적으로 보이는 외모까지, 흡사 본인의 꿈속에서 본인을 만나는 듯했다.

둘은 인사를 나누고 보험 처리 수순을 밟는 도중에 생일이 서로 같은 날이라는 걸 알게 된다.

이후 둘의 대화가 시작된다.

생존과 두려움

점도:

'2월 29일' 생일이 나와 같은 사람은 처음 보는군!

4년에 한 번 생일을 맞이하는 이는 매우 찾아보기 힘들었는데.

'신은 주사위 놀이를 하지 않는다.'라고 하지만, 실재로 신은 주사위를 한 번씩 잘못 던지기도 하나 봐.

지구의 자전과 태양의 공전주기를 제대로 맞추지 못해서 4년에 한 번씩 윤달을 끼워 넣어야 되

생존과 두려움

니 말이야?[1]

저피스토:

"신은 주사위 놀이를 하지 않는다."

이런 말을 하는 자들의 생각이 궁금하네.

'신은 주사위 놀이를 하지 않는다.'

이런 문장은 신과 인간에 대해서 잘 아는 관점에서만 할 수 있는 말인데, 인간의 존재도 흐릿하게 아는 사람들을 상대로 사기 치는 거 아니냔 말이지!

상대성이론으로 신이 되어 버린 후 자신만의

---

1) 신을 비꼬는 말이 아니라 동굴에 갇힌 인간들을 비꼬는 말임. 자전과 공전의 법칙을 인간이 만들었으니, 그렇지 않으면 말이 되지 않음.

동굴에 갇혀서 양자역학을 부정하는걸 보면 이해가 된다네!

이런 친구들 주위에 많아!

학력고사나 수능 한 번 잘 본 뒤 제대로 된 책 한 권 읽지도 않으며 지성인 흉내를 내면서 신세 바꾸려드는 인간들. 한 번의 사업 성공 뒤에 모든 일들을 자신의 주장대로 하는 자수성가한 사업가. 국제적인 피아노 콩쿠르에 입상한 천재란 명성 뒤에 숨어서 지내는 이. 어린 나이에 검도 4단을 딴 후, 나이 많은 이에게 인생을 가르치려드는 이. 그렇지만 이들은 보통사람들과 섞여 있어서 구분하기 힘들지만, 이들이 자주 쓰는 단어들로 색출할 수 있다네.

그런 단어는 '감히', '너 따위가', '네까짓 게' 이런 단어를 쓰는 이들이지.

이런 단어를 쓰는 이들은 본인의 우월의식으로 사람들의 계급을 나눈다네.

대부분 한 가지 성공한 이력이 그들을 그렇게 만들었지.

이 사람들은 상대방의 생각이나 기분, 배려 같은 건 신경 쓰지 않는다네.

오직 자신의 생각을 상대에게 주입시키는 것에만 관심이 있지.

그러다가 어느 한 순간에 낭떠러지에 서더군.

이런 단어 쓰는 사람들은 일단 피하는 게 상책이라네.

저피스토

잘못하다간 그런 자들과 휩쓸려서 낭떠러지에 같이 떨어지는 경우가 허다하다네.

저피스토:

그걸 '하마르티아'라고 한다네. 비극에서 주인공을 파멸에 이르는 걸 말한다네.

점도:

그럼, 그자들의 인생은 비극이 되는 건가?

저피스토:

그들의 관점에 따라 비극이 될 수도, 전설이 될 수도 있다고 본다네.

본인들 인생의 모순을 화해의 눈으로 보면 전설이 되고, 모순을 부정하고 끝내 화해를 거부하면 비극이 되고 말지!

사실 모순은 인공지능 로봇에는 있을 수 없고, 인간만이 가질 수 있다네.

쉽게 말해서 본인의 성공이 하마르티아[2]를 끄집어 낸 건데, 그 성공에 대한 관점에 따라 달라진다네.

옳고 그름에 대한 문제와는 다른 문제야.

그 일이 그렇게 대단한 일이 아니니 잊고 다른

---

2) 아리스토텔레스의 시학 13장에서 비극의 플롯에 가장 적합한 인물은 사회적인 존경과 개인적인 영화를 누리다가 어떤 종류의 하마르티아 때문에 전락한 인물이라고한다. 에서 발췌함.최근엔 하마르티아가 성격적 결함을 의미하는 것이 아니라, '지적잘못' 말하자면 무지에 따른 판단의 오류를 의미하는 것이라는 쪽으로 의견이 일치되고 있다.

사람의 생각을 이해하려고 행동한다면 그는 전설이 될 것이고, 끝내 본인의 일에 깊이를 더 원해서 같은 공간의 사람들과 섞이기 싫다면 그 사람들에게 공격을 당하는 비극이 되는 거지.

점도:

저피스토, 당신은 인간에게 가장 해악적인 것은 무엇이라고 보는가?

저피스토:

그건 본인만의 동굴이라네.

사람들은 각자의 시각으로 세상을 보지만 안타까운 건 다른 사람의 시각은 존중하지 않고,

생존과 두려움

인정하지 않을 때 문제의 시작이 된다네.

아인슈타인 경우를 보자면, 그는 상대성이론으로 뉴턴의 절대 이론을 깨 버린 후 자신이 신이 된 것처럼 양자역학이론을 부정하며 '신은 주사위를 던지지 않는다'는 무지한 말을 해버렸다네. 말년에 그는 다른 사람과 다른 이론을 보려고 하지 않았지.

그러다 망신을 당한 거지.

마치 실력이 후달리니 출신 학교로 상대를 제압하려다 망신당하는 사람들을 보는 것 같았지.

얼마나 후달렸으면 출신 학교까지 들이댔을까 하는 생각이었어.

메커니즘과 알고리즘으로 이야기를 풀어 보자

면, 사실 동굴은 본능에 가깝다네. 본능은 인간의 구조, 즉 메커니즘으로 볼 수 있어.

생존에 유리한 방식으로 구성되어진 거지.

쉽게 말해서 누군가에게 다른 동물이 공격해올 땐 이미 정해 놓은 방법으로 강력한 리더십에 의해서 빨리 행동해야 되는데, 그럴 때마다 갑론을박을 하고 있을 수는 없었을 것이란 이야기지.

원시시대는 그 시대에 그게 생존에 유리하겠지만, 지금은 시대가 바뀌어 다른 형태로 바뀌길 원하고 있지.

지금은 늦더라도 숙고할 시간이 필요하고, 정확한 문제해결 능력이 필요하며, 상대방의 공감대를 끌어내지 못하면 안 되는 문제들이 대부분이거든.

점도:

그럼 자네는 어떤 알고리즘을 갖고 있는가?

저피스토:

우선 메커니즘을 알기 위해선 인간은 어떤 존재인지를 아는 게 우선 아니겠나?

메커니즘이 구성 요소이니까!

난 사람들의 본성을 알기 위해서 수동적인 그리고 능동적인 실험을 한다네.

수동적인 연구는 관찰인데, 실험 도구는 그리 신통치 않다네.

저피스토

전문가들이 심리 테스트를 할 때 MBTI가 아닌 MMPI[3]를 선호하는 이유처럼, 피실험자가 관찰 대상자라는 걸 알게 되면 본인 스스로 모든 행동에 검열을 시작하게 되서 실험이 왜곡되곤 하지.

그래서 난 능동적인 연구인 실험을 더 좋아하지.

실험 대상자가 일단 실험 중이라는 걸 알기 쉽지 않고, 설사 알더라도 어떤 실험을 하는지 알 수 없기 때문이야.

점도:

---

3) 테스트 시 관찰자 자신이 개입될 수 없게 하는 심리 테스트.

생존과 두려움

혹시 나도 지금 그 실험에 든 사람 중 한 명인가?

저피스토:

하하~.

그게 뭘 그리 놀랄 일인가?

이미 우린 하루에 열여덟 번씩 CCTV에 찍혀 관찰당하고 있고, 신들은 매일 능동적인 시험에 들게 하는데….

점도:

그럼 누구를 시험해 보았나?

저피스토:

바로 친구였네.

그들의 질투심과 시기심이란 감정은 너무 쉽게

노출되거든.

점도:

구체적으로 말해 주겠나?

저피스토:

한 친구가 있었다네!

한때 사업이 잘 되었던 친구였는데, 만났을 땐

힘들어 할 때였지.

건강도 좋지 않고… 꼭 경제적으로 힘들 때

병도 찾아오더라고!

생각해 보면 사업이 잘 될 때도 앞에서 말한 그 상황을 넘지 못할 정도의 경제력이었던 거지.

그 친구가 한 번씩 찾아올 때면 사업 방향과 현안에 대해서 토론한다네.

그 친구의 특징은 이거야

사업이 힘들 때는 어떤 사건이나 방향에 대해서 관찰하고, 탐구하는 선에서 자기 의견을 내세우지만 사업이 잘될 때는 관찰과 탐구를 뛰어넘어 옳고 그름을 먼저 판단하고, 사업의 방향을 혼자서 제시하고, 심지어 앞에 있는 사람을 가르치려 한다네.

굉장히 위험한 짓을 하더군!

지피스토

한 번의 성공이 주관과 신념을 강화시킨 걸로 보이더군.

사실 신념은 신념을 필요로 할 때까지만 필요로 하고, 결과 이후론 다시 처음처럼 유연한 사고를 가지는 게 맞는데 말이야.

그게 진정으로 강한 사람 아니겠나?

점도:

강자의 면모란 무엇이라 생각하는가?

저피스토:

강자의 면모는 다름 아닌 두려움을 맞이하는 유연한 방식이라네.

두려운 상대를 피하는 것은 그들이 무섭다는 이야기이고, 무서워서는 그들을 절대 제압하거나 이길 수 없다네.

모든 운동 경기에서 힘을 빼라는 말을 하는 이유가 여기에 있다네.

굳어지면 힘이 들어가고, 힘이 들어가면 절대 상대를 보려고 하지 않는다네.

그들을 옆에 두고 탐구하는 것이 진정한 강자인데, 그러려면 다면적인 시선과 그 시선을 유지하는 유연함이지.

어떤 상황이든 그 상황을 받아들이고, 일어날 수 있다는 걸 우선 인정해야지 그 상황에 제대로 존재할 수 있다네.

저피스토

사실 힘든 일이지!

예를 들자면 사랑하는 사람의 죽음을 맞이할 때, 그걸 인정하고 그 뒷수습까지 생각한다는 건 그리 쉬운 일이 아니지 않나?

점도:

현자(over human)에 가깝군!

저피스토:

당신은 어떤 사람인가?

점도:

난 문제를 해결하다가 해결의 주체인 '나'란 관

점을 가끔 잃어버리는 사람이야.

가령 환경에 해가 되는 문제를 찾다가 결국 본질은 '인간이란 종이 환경 파괴의 주범이다.'라고 결론을 내 버리지.

본인이 관점 위에서 해결해야 되는데, 문제의 본질을 따지다 결국 본인도 문제 안으로 끌어들여 희생을 시켜 버리지,

그래서 사업을 할 때도 하다 보면 어느새 주위 사람은 돈을 벌게 해주고 정작 난 돈을 벌지 못하는 경우가 허다했다네.

저피스토:

포스트모던의 주체의 상실이 생각나는군!

'에너지와 질량은 같은 것이다. 주체와 객체는 같다.'라는 걸 몸으로 증명한 거군!

점도:

당신은 성공하는 사람을 어떻게 규정하는가?

저피스토:

성공하는 사람을 규정하는 건 어려울 것 같지만, 의외로 간단하다네.

'인간은 영원히 살기를 원한다네.'

그렇지만 개체의 유한성의 한계에 부딪힌 인간

들은 번식이란 방법을 선택했지.

이것이 당신이 물어본 물음에 단초가 되지 않을까 하는 생각을 해보네.

그것은 바로 자기 자식이 그렇게 되기를 바라는 삶이 성공한 삶이란 이야기지

우리가 원하는 자식들의 삶은 교과서에서 배운 영웅들의 삶이 아니라, 자식들이 행복하게 한 인생을 잘 살아 가는 것이라네.

생뚱맞게 번식을 이야기하다가 갑자기 '행복'이란 단어를 언급하는 이유는 번식을 가능하게 하는 유인이 바로 행복과 외로움이기 때문이라네.

결국 인간은 번식을 하고 그것을 가능케 하는

추동력이 바로 행복과 외로움이라는 기제란 말이지.

반대로 행복이 주어지지 않는다면 번식은 하지 않을 거라네.

내가 신문에 기고한 사설인데 한번 읽어 보게나.

출산율 증가 정책은 위헌이다.

주권이 국민에게 있는 국가에서 몇 십 년 동안 출산율 증가 정책을 펼쳤는데도 아이를 낳지 않았다면, 그 정책은 국민에게 심판을 받은 정책이다.

이유는 많이 있겠지만 대한민국은 지금 인구가 포화 상태이고, 경쟁이 치열해서 더 이상 이런 환경에서 아이를 갖지 않는 것이 본인의 행복을 추구하는 데 도움이 되지 않고, 지구의 환경에도 도움이 되지 않는다고 생각했기 때문일 것이다.

(1970년대 산아 제한 정책은 국민 호응을 얻어서 성공했다. 독재 정권이었지만 그게 맞다는 국민들의 암묵지가 정책의 성공을 이끌었던 동력이었다.)

사실 헌법에 명시된 행복추구권을 추구하겠다는 확실한 의사 표현을 국민들이 몇 십 년 동안 한 것이다.

그런데 자꾸 국가(정부)가 아이를 낳으라고 하는 것은 적반하장으로 마름이나 머슴이 주인에게 정책을 강요하는 거와 다름이 없다.

(우리나라는 주권이 국민에게 있는 공화국이기 때문이다. 그래서 누구보다 국민의 의사를 존중하고 잘 반영해야 될 책임이 정부에 있다.)

국가는 주권자인 국민의 확실한 의사표시를 받아들이고, 가장 쉬운 방법인 출산율 증가로 현안

생존과 두려움

을 해결하지 말고 이민자 지원 정책이나 혁신을 통한 인구 감소 정책을 환경 문제와 장기적인 관점으로 마련해야 될 것이다.

그렇지 않고 자꾸 출산율 증가 정책만 고집한다면 헌법에 보장된 국민의 주권과 행복추구권에 반하는 위헌적 정책을 계속한다면 선거에서 판결을 내리기 전 탄핵 대상임을 인지하기 바란다.

저피스토

신문에 이 글을 기고했지만 실어 주지는 않았다네.

그래서 결국 광고국에 전화를 해서 광고비를 지불하고 신문에 기어이 게재했다네.

하지만 국가 교육은 다르다네.

공동체를 위해 희생해 줄 인물이 필요한 거지.

사실 국가에서 원하는 인물과, 개인이 원하는 인물은 같지 않다네.

국가는 원하는 인물을 만들기 위해서 명예심이란 인간의 본성을 이용하지.

어설프고 서투른 인간들을 이용하지만, 정작 국가를 다스리는 무리들은 절대 자기 자식을 그곳에 내보내지 않는다네.

생존과 두려움

자네는 문제 해결을 위해 가장 큰 도구는 뭐라 생각하는가?

점도:

아마 관점일 걸세!

지능과 재력 그리고 그 밖의 가진 모든 걸로도 해결이 안 되는 문제는 관점을 바꿀 때만이 가능하다는 건 이미 경험하지 않았나?

예를 들자면, 죽음이란 문제를 사람이 가진 지능이나 도구로 해결할 수는 없네.

그 문제는 신과 같은 관점에서 본인이 신이 되거나, 창조해야만 해결 가능한 문제라네.

세상의 종교들은 그렇게 만들어지지 않았던가?

그런 생각과 관점은 문명의 틀에서 벗어나야만 가능한 행운인 거지.

우리 형제 중에 국회의원 4선 그리고 공기업 사장을 한 형이 있는데, 그는 젊었을 때 대학은 실패했지만 사법시험에 합격했지.

아마 대학을 합격했다면 검사장이나 하고 변호사 개업을 해서 건물 몇 채 올리고 인생 마무리 했겠지.

하지만 틀에서 벗어난 환경이 그를 더욱 크게 만들었지.

대학이란 곳이, 특히 그 역할을 한다네.

아마 나도 대학을 다녔다면, 이런 일은 하지 못했을 것이네.

대학은 문명의 쥐약이야.

그곳에선 광활한 우주를 경험해야 할 우리들에게, 먹고사는 궁리만 하는 뒤주 속의 쥐들처럼 키워 버리지.

물론 그곳에서 배우는 학문을 이야기하는 것이 아니라네.

그곳의 메커니즘과 대학이 필요한 사람들이 문제라는 이야기지.

그 주범은 국가야

빌게이츠, 정주영, 잡스… 이런 사람들을 강제로 대학에 보내면 결국 모두 구글에 취직한다고 할 걸!

저피스토, 자네는 뭘로 경제적인 자유를 성취

하게 되었나?

저피스토:

난 시대와 장소를 잘못 만나 헤매는 사람들의 사자였다네.

강력 범죄자들, 연쇄 살인범들인 유, 최, 강, 김, 자… 이들은 출소 후 지금 살아 있지 않다네.

그들은 형량을 채우고 나온 뒤 한 달 안에 모두 죽었다네.

사실 그들은 고대나 중세, 아니 현대의 전장에서 없어서는 안 될 유능한 군인이 아니던가?

주로 우린 활로 그들을 맞이했는데, 그들은 내가 표적으로 삼으면 피해 갈 수 없었다네.

양궁 선수 출신 세 명이 한 조로 움직인 우리는 표적당 두 명의 궁사를 배치하고, 나머지 뒤에 있는 궁사는 그들 중 망설이는 자를 겨냥하고 확인 사살과 퇴로를 만들어 주는 역할을 했다네.

우리의 표적이 되면 누구도 살아남지 못했다네.

유튜브에 보면 10억 현상금 프로젝트에 연쇄 살인범 현상금을 피해자 가족들이 건다네.

사실 불법이지만 정부와 언론, 유튜브에서도 그냥 눈감아 준다네.

세상에 법이 완전하지 않다는 걸 그 주체들도 알고 있고, 또 한편으론 세상엔 정의란 가치도 엄

연히 존재하기 때문이지.

그리고 그들을 지원하는 세력을 알고 있네.

점도:

그들을 어떻게 알게 되었나?

저피스토:

내겐 30명의 후원자가 있다네.

모두 재산이 1천억이 넘는 재력가들이지.

물론 이중 국적이 대부분이고, 넘치는 돈을 어찌할 줄 몰라 하는 부류들과는 다르다네.

이들을 알게 된 건 서울에서 사업을 하는 사람들을 대상으로 철학이 있는 기업인으로 뽑혀서

인터뷰를 하는 계기가 있었는데, 난 이렇게 인터

뷰를 했다네.

저피스토

"전 부연이란 회사를 경영합니다.

저에겐 아주 가치 있는 회사랍니다.

어느 정도냐고 물어보신다면 이렇게 대답할 것
입니다.

삼성이란 큰 회사가 있습니다,

난 그 삼성을 부연과 바꾸자고 해도 바꾸지 않
습니다.

왜냐면 그 삼성은 나에게 아무런 가치가 없기
때문입니다.

가치가 없는 이유는 내 안에 삼성이 들어 있지
않기 때문입니다.

요즈음 계급 문제로 사회가 시끄럽고 문제가 많
습니다.

지역에 따른 강남, 강북.

출신지에 따른 전라도, 경상도.

학교에 따른 서울대, 지방대.

방금 말한 계급 중 어떤 것도 자신의 혼자 힘으로 이루었다고 볼 수 없는 것들입니다.

물론 부연도 마찬가지로 혼자 만들었다고 볼 수 없습니다.

그렇지만 삼성보다는 더 많이 나 자신을 볼 수 있습니다. 그래서입니다."

인터뷰 후엔 그들이 나에게 연락을 해왔다네.

그 뒤에 반타블랙이란 호신용 스틱을 30자루 만들어 1부터 30까지 일련번호를 새긴 후 그들에게 한 자루씩 선물했다네.

누가 봐도 탐나게 보이는 그 스틱은 티타늄으로 만들었고, 손잡이는 소가죽을 한 땀 한 땀 바느질을 했고, 스틱 끝엔 나선형 7센티 촉을 만들어 겨울엔 눈과 얼음을 미끄러지지 않게 하고, 한편으로 호신용으로 사용 가능하게 했다네. 한편으론 텐트를 칠 때 땅을 파거나 산속의 약초를 캘 때 용이하도록 곡괭이를 장착했다네.

사실 그건 말만 스틱이지, 창과 도끼였다네.

호신용인 거지!

그들을 불안하게 하는 많은 재산이 이 스틱에 눈독을 들이는 이유가 된 거지.

스틱을 사려고 많은 이들이 몰려들었지.

30명을 선정하는 기준은 나름 까다롭게 했다네.

그렇지만 한정된 수량이라서 300명 이상이 많은 돈을 제안했지만, 30명만 선정했다네.

우선 재력이 100억 이상이고, 학력은 상관없지만 지적인 소양(내가 읽었던 책 중 100권의 책과 일치되는 책의 양)으로 판단 기준을 삼았다네.

스틱을 보낸 후엔 그들에게 난 꼭 한 마디를 했다네. 살면서 나의 제안을 꼭 한 번은 들어 달라는 말이었네.

만약 거절하면 스틱은 반납하는 조건이었네.

30자루 한정이고, 부유층이 소유하고, 까다로은 심사 조건이 알려지면서 스틱의 가격은 천정부지로 치솟아 한 자루당 1억 원에 거래되기도 했다네.

그리고 그들과 무작위로 마약에 배탈, 설사 약을 넣는 프로젝트를 하면서였지.

마약 유통망에 접근해서 설사가 나오는 약을 넣은 후, 이런 메모지를 넣는 거야.

'다음엔 설사약 대신 독약을 넣겠다!'라고.

아마 마약 먹고 배탈이 났거나, 그냥 배탈이 나거나, 아직 배탈이 나지 않는 사람들도 아마 식겁할 걸!

이게 말이야!

생존과 두려움

식약청에 고발할 수도 없고, 법이 왜 있어야 되는지 피부로 느끼게 해주는 프로젝트였거든!

저피스토:

지금 당신은 어떤 사업을 하는가?

점도:

청부살인으로 번 돈은 '무한 동력 친환경 주택 사업'의 시드머니 역할을 해주었다네.

'친환경 주택'은 한전의 도움 없이 친환경 무한 동력주택으로 10년 동안 그 집에서 생존할 수 있게 하는 게 목표였지.

그 집에서는 수경재배 텃밭과 단백질 공급원인

굼벵이와 누에, 장수풍뎅이, 흰점박이 꽃무늬 유충 등을 사육할 수 있었지.

성경에 나오는 노아의 방주처럼 만든 집으로 환경 재앙의 공포심을 마케팅 했다네!

마치 보험이 앞으로 닥칠 위험을 팔듯이, 종교가 죽음을 팔듯이, TV에서 아침마다 의사와 약사가 병을 팔듯이… 우리도 공포심을 팔았다네.

평수는 500평(건평)에 연면적 200평 정도 되는 곳에 친환경 에너지인 태양열, 풍력으로 발전을 하고, 수소를 연료로 하는 무절연체 배터리에 에너지를 저장한 동력을 썼다네.

자금 조달은 컨소시엄으로 진행했고, GP(General Partner, 일반 파트너)로는 우리 회사가

LP(Limited Partner, 유한책임 투자자)로 참여한 회사들 중 배터리 제조는 셋째 형이, 집을 짓는 일은 사촌형이 맡아 줬다네.

사람들의 원초적인 본능인 불안과 공포심을 자극하고, 그걸 해결해 주는 프라이휠 하우스(FLYWHEEL HOUSE)는 미친 듯이 팔려 나갔다네.

모델하우스는 아웃도어 골프장 겸 캠핑을 할 수 있는 곳이었지.

장소는 강원도 고성이었어.

그곳 약 3만 평 아웃도어 골프장에서 천연 잔디를 밟으며 1홀을 경험하도록 하면서 고객들을 유치했다네.

타깃은 밀레니얼 세대인 MZ세대였는데, 그들

은 자녀들과 애완견을 돌보느라 몸도 마음도 지쳐 있었다네.

그들에게 1홀 골프장은 해방구였네.

아이들은 미술관이나 캠프를 경험하고, 부모들은 골프를 치면서 시간을 보내다가 저녁이 되면 골프장에서 애견들과 놀게 해줬다네.

미술관에서는 온갖 미술품과 그와 관련된 이야기로 북새통을 이뤘지.

매주 금요일 오후에 열리는 점심을 곁들인 모임엔 주로 전문직(화가, 작가, 경영인, 의사, 변호사 등)들이 참석했다네.

모임을 항상 5명 이내로 제한한 이유는 그 이상의 인원이 모이면 사람들의 대화가 내면의 이야기

생존과 두려움

가 아닌 정치적인 대화로 변질되곤 해서였지.

하지만 고성에서의 성공은 나를 확신에 늪에 빠지게 했다네.

앞에서 말한 내 친구처럼…[4]

난 울진에서 더 크고, 더 넓게 사업을 확장했다네.

하지만 고금리의 PF대출은 나를 더욱 옥죄는 결과를 가저왔고, 불면증은 나를 지금 이 시간까지도 잠을 잘 수 없게 만들었다네.

---

4) 3쪽의 저피스토 친구와의 대화. 지금 점도의 이야기이니 '당신 친구처럼'이
   라고 했어야 됨. 점도와 저피스토가 같은 인물이란 걸 확인시켜 주는 대화
   임. 사실 앞에서 언급한 친구는 저피스토의 친구이지 점도의 친구는 아님.

저피스토:

아! 그래서 이 시간에 자네를 만나게 되었군.

그럼 내가 제안을 하나 할 테니 받아들이겠나?

그 제안은 아마 자네의 사업에 큰 힘이 될 걸세.

점도:

어떤 내용의 제안인가?

저피스토:

알다시피 우리에겐 회원이 있네.

아주 많은 현금을 보유한 분들이지.

그렇지만 그들도 한 가지 문제를 안고 살지.

바로 죽음이라네.

많은 현금이 죽음을 해결해 주지 못한다네.

그들의 신은 아마 미래를 예측하는 능력 '시뮬레이션'이라네.

예측은 가능하지만 그 가능한 미래를 바꿀 수 있는 능력은 없다는 걸 아는 그들은 그 미래를 준비하는 게 가장 큰 숙제가 되어 버렸지.

점도:

무슨 말이 하고픈 건가?

저피스토:

그들에게 죽음을 팔자는 거네.

점도:

어떻게?

저피스토:

자네가 울진에 건설하는 리조트 옆에는 경비행기 훈련소가 있다네.

그곳에서 죽음을 원하는 회원들에게 비행 연습을 간단히, 한 달 정도 시킨 후 그곳에서 태양이 떠오르는 가장 보기 좋은 날 편도 비행을 할 만큼의 연료를 채운 후에 떠나는 거지.

점도:

자살 비행을 상품화하라는 건가?

저피스토:

그렇다네!

아마 자살 비행 상품을 팔면, 자네 지금의 자금 경색은 풀릴 걸세!

'10억' 정도는 충분히 내놓을 걸로 본다네.

내 제안이 어떤가?

우리의 화양연화

(지금부터는 1인칭 주인공 시점임. 사실 처음부터 1인칭 주인공 시점이었음.)

　　난 그 제안을 수락한 후 저피스토는 항상 나와 같이 했다. 과거의 기억이 한층 나를 침잠시키고 있을 무렵, 저피스토로부터 중국에서 회원 중 한 명이 그 제안에 수락했고, 그 사람은 췌장암 말기 환자이고, 여성이며 ,한국 국적이란 정보를 전해 왔다.

　난 일시불로 받은 십억이란 자금으로 인건비만

제외하고 밀려 있던 하청업체 대금과 자재비를 급한 대로 숨을 쉴 수 있을 정도만 결제할 수 있었다.

울진 리조트 공사 현장을 찾아갔다가 늦은 점심을 해결한 시간은 두 시쯤이었다.

그때 마침 중국에서 그녀가 온다는 소식을 저피스토로부터 전해들은 터였다.

난 곧장 그녀가 머물고 있는 객실로 향했다.

미옥:

점도 왔네.

난 웬만한 일엔 놀라지 않은 성정이었지만, 그

순간 그 목소리에 말로 표현 못할 느낌을 감당할 수 없어 그곳에 내가 있다는 것이 이상해지기까지 했다.

그렇지만 그 짧은 순간에도 그녀가 이곳에 있다는 것이 좋지만은 않았고, 또 다른 한편으론 너무 반가웠다.

그것은 마치 돌아가시기 전 무슨 일이 있어서 엄마의 임종을 못 보게 되었지만, 어떤 계기로[5] 어렵게 임종을 볼 수 있는 기회를 찾은 것과 비슷했지만 같지 않음을 느꼈다.

한참 뒤에 알았지만, 이유는 엄마의 한없는 안

---

[5] 꿈속에서나 과거로의 시간 여행이 가능한 다중 우주에서.

정감과 미욱이 주는 일시적이고 조건적인 쾌락
이 서로 다른 종류의 쾌락임을 알게 되면서였다.

항상 일정하고 한없는 편안한 감정의 단점은
받는 이가 소중함을 모르고 결국 짜증을 내게
된다는 데 있다. 그러다 그 주체가 없어지면 후
회를 한다. 하지만 연인이 주는 감정은 그 기쁨
과 슬픔의 간극이 너무 커서 자신이 얼마나 형편
없는 사람인지 알게 되는 극한의 도구가 될 때도
있다.

순간, 이런 상황을 부호화 할 수 있는 언어를
가진 사람들이 지구상 어딘가에 존재한다면 꼭
그곳에 가보고 싶다는 생각이 들었다.

그녀는 50대 중반의 모습 그대로였지만 예쁘다

는 표현은 나이에 걸맞지 않고, 아름답다는 표현은 왠지 표현은 비슷하지만 천박하고 우아하다는 표현은 왠지 아름다움과 어여쁜 느낌이 빠져 있었다.

그녀에게 적당한 표현을 찾으려 해도 찾지 못했다.

그 모습 자체가 그녀를 대변해 줄 뿐, 적당한 단어는 찾지 못했다.

그냥 대명사, 아니면 장르란 표현이 정확할 것 같았다.

그녀는 내가 올 거라는 걸 이미 알고 있는 눈치였다.

허스키한 목소리는 낮고 저음이면서 뭔가 갈구

하는듯 하면서도 얽매이지 않겠다는 의지가 묻어 나왔다.

그 이유는 췌장암이란 암세포의 영향이 한몫했을 거라는 생각이 들었다.

난 그녀가 목소리 하나로 모든 일을 단정하고, 정리되고, 인정되고, 내가 움직여지는 걸 보면서 그녀가 보이지 않는 힘을 가진 존재라고 생각했었다.

그녀의 목소리가 독재자의 선전부장이란 생각이 들었다.

그때, 어렸을 적 미옥의 아버지가 주셨던 사탕을 생각해냈다.

그녀의 아버지는 명절 때면 친척 집에 인사를 가곤 했다.

우리 집은 인사를 가는 길 중앙에 위치해 있어서 누가 지나가든 집안에서 다 보일 수밖에 없었다.

그녀의 아버지를 만난 건 추석이 이틀 정도 남은 날이었다.

그날은 이슬 맞은 풀들을 묶어서 뒤에 오는 친구들이 넘어지는 걸 보며 깔깔대고 웃고 있었다.

그런 후 한가하게 우물에서 친구들과 고무신을 물에 헹궈 내고 난 후에 갈증이 나서 물을 바가지로 한 모금 마시고 있던 중⋯

미옥 아버지:

"너, 미옥이 알지?"

점도:

"네."

주머니에서 사탕을 꺼낸 그녀의 아버지는 나에게 큰 임무를 맡기는 듯 자못 진지하게 이렇게 말씀하셨다.

미옥 아버지:

"미옥이와 잘 지내. 우리 미옥이 잘 지켜 주시고."

사탕을 받아 든 나는 큰 키의 노신사가 점잖게

존댓말로 어린 아이에게 뭔가를 물어보고 사탕까지 주는 이 상황이 너무나 비현실적으로 다가왔다.

그 말은 내가 세상에 지배력을 가진 성인이 된 것 같은 생각이 들게 했고, 내가 내 자신을 함부로 할 수 없는 대단한 또 다른 내가 있다는 걸 어슴푸레 인지하는 순간이었다.

현실은 이랬다.

"점도 이놈 소꼴도 안 해 놓고 놀러 간다냐?"

"숙제를 저녁에 하지 않고 꼭 아침에 일어나서 한다냐!"

"점도 이놈이 어제 피복을 벗긴 전기선을 이웃 집 선화에게 만지게 해서 선화가 죽을 뻔했다네."

"점도 이놈이 아랫집 형렬이에게 화살을 쏴서 눈두덩이를 맞췄다네."

"어제 수박 서리하다가 소촌댁네 수박이 다 깨지고, 그것까지 괜찮은데 수박 새순을 다 밟아 놨다네."

"저놈이 친구들과 불놀이를 하다가 매봉산 절반을 태워 먹었다네."

이런 나에게 최대한의 예우를 해주는 미옥 아버지의 모습이 꼭 지금 내 앞에 서 있는 미옥과 뭔가 닮은 구석이 있었다.

그건 거부할 수 없는 무언가였다.

그 닮은 구석이 미옥 아버지를 생각나게 하는 것 같았다.

목소리 하나로 시간을 거슬러서 그때를 회상할 수 있다는 것이 참 신기했다.

그렇지만 냄새는 달랐다.

은은하면서 자극적이지 않은 향수를 썼지만, 그 향수에 대응하는 그녀 몸 안의 강력한 또 다른 세포의 쿠데타는 향수 본연의 냄새를 허락하지 않았다.

사실 청각은 일정한 음역대를 벗어나면 인지하기 힘들며, 시각의 수용체는 세 가지인데 그나마 한 가지는 흑백만 구분이 가능하다. 미각은 다섯 가지 수용체를 가지지만, 후각의 수용체는 1,000개가 넘는다. 실제로 후각은 1조 개의 냄새를 구분할 수 있다.

그 상황은 내가 어떤 동물보다 후각이 발달되어 있다는 걸 스스로 깨닫는 순간이었다,

하지만 다른 감각에 비해 뛰어난 후각을 인간은 수치스러워했다.

이유는 인간이 후각을 동물만의 직감적인 감각으로 폄하시켜 인간의 우월성을 강조하기 위해

서였을 것이다. 그렇지만 지금 난 모든 걸 후각에 의한 판단을 하고 있다.

그 냄새는 코를 찌르지만 괜히 자극시켜 본인의 생과 사를 결정지을 수 있다는 생각으로, 내가 건딜 수 있을 만큼만 찔렀다.

점도:

아버지가 사탕을 좋아하셨지?

미옥:

좋아하시는 걸 어떻게 알았네!

점도:

초등학교 때 너희 아버지가 사탕을 주면서 너와 잘 지내라고 하셨어.

미옥:

그런 일이 있었어?

한 번도 내겐 말한 적이 없었던 거 같은데!

그 대화를 미옥에게 숨긴 이유는 미옥과의 관계에서 주도권을 쥐고 싶은 마음과 나만 알고 있는 비밀을 털어 놓았을 때의 쾌감, 그 후의 공허함을 동시에 느끼는 감정을 경험하게 한다는 걸 알았기 때문이었다.

그 경험은 과거에 있었던 똑같은 감정을 불러 일으켰던 일을 생각나게 했다.

그 감정을 느낀 건 리조트 사업을 할 때였다.

사업 설명회는 사업 계획과 수많은 변수들과의 단순한 전쟁일 뿐, 사업 계획을 상상할 때의 두 근거림과 설레는 감정과는 달랐다.

그래서 사업 설명이 끝나고 나면 항상 우울증이 찾아왔다,

그 이유는 아마 비밀을 간직한 나만의 세상이 있고, 비밀을 털어 놓은 타인과 거미줄처럼 이어지는 현기증 나는 두 가지 세계가 있다는 걸 알게 되면서부터였다.

우리의 화양연화

그것은 마치 나만의 비밀의 정원을 타인에게 들켜 버린 느낌과 시간이란 텍스트를 지우고 과거의 세계가 지금도 존재한다는 컨텍스트적인 다중우주이론을 상상하게 만들었다.

사실 그 비밀은 나와 미옥 아버지와의 사소한 일일 뿐 그렇게 큰 의미가 있는 일은 아니었다.

그렇지만 미옥이란 존재가 그 사소한 일을 의미 있고 중요한 일로 각인되게 만들었다.

그녀는 아픈 사람답지 않은 위엄과 웅혼한 영혼을 가지고 있었다.

한 손으로 목줄을 잡고서 침착하게 나를 응시하는 눈은, 어떤 상대라도 이미 제압하고 원하는 모든 걸 얻을 수 있을 것만 같은 모습이었다.

저피스토

점도:

두박 교관과의 비행 연습은 잘 되고 있지?

아마 너끈이 다루는 일보다는 쉬울 거야!

미옥:

하하~.

미옥 옆엔 프렌치블도그가 엎드러 있었다.

이름은 '키키'였다.

털 색깔은 검은색 바탕에 푸른빛이 도는 줄무

늬가 가로세로 불규칙하게 배열되어 있었다.

누가 봐도 귀한 견종임을 알 수 있었다.

어렸을 적 미옥과의 추억 중 가장 대표적인 것이 있다면, 아마 같이 놀던 '너끈'과의 추억일 것이다.

너끈이는 45킬로그램이 넘는 대형견으로, 맘만 먹으면 우리 둘을 끌고 다닐 정도로 힘이 좋았다.

그렇지만 너끈이는 한 번도 본인의 의사대로 우리를 끌고 가거나, 물거나, 도망가지 않았다.

오직 미옥의 눈빛과 그걸 알아차리고 행동하는 나의 마름 짓을 그대로 수용하고 따르는 그 동물은 우리의 인지능력을 벗어난, 단순히 인지력이란 단어로 그 행동을 설명할 수 없는 다른 형태의 부호가 필요했다.

저피스토

예를 들면, 내가 너끈에게 화를 내면 너끈이는 나에게 이런 말을 하는 것 같았다.

'지금 하는 행동으로는 당신의 병증을 고칠 수 없다. 지금의 분노는 원인이지 해결책은 아니기 때문이니, 다른 방법을 찾아보라'며 보란 듯이 다시 똑같은 짓을 저지른다.

그럴 땐 더 화를 내려 하다가도 다시 더 유화적인 방법으로 바꾸곤 했다.

그럴 땐 개가 나를 지배하고 있는 건 아닌지 의심스럽기까지 했다.

사실 그건 미옥의 눈짓과 행동이 그걸 원하기 때문이기도 했다.

다시 미옥의 췌장암에 대해 생각해 보았다.

'무엇이 그녀가 병원을 뛰쳐나와 비행기에서 최후를 보내는 결정을 내리게 됐을까?'

점도:

서울대학병원 영안실 생각나니?

(과거 회상)

스무 살, 우린 시골에서 올라와 서울이란 곳에 적응하느라 힘든 시간을 보내고 있었다.

미옥은 명문인 서울대를 다니고 있었고, 난 대학 입시에 실패한 후 '서울대가 아닌 대학은 평생 이류라는 낙인이 찍힐지 모른다'는 두려움에 사로잡혀 있었다. 스스로에게는 대학에 가지 않는 게 낫겠다는 핑계를 대며, 결국 다니던 대학을 그만두고 동가식서가숙 떠돌이 생활을 하고 있었다.

미옥도 서울에서 자란 동기생들과의 문화적, 정서적, 경제적 차이를 극복하기 어려웠고, 환경이 바뀐 언니집에서 새로운 서울 생활을 경험하며 우울한 대학 생활을 보내고 있었다.

5월 어느 봄날, 대학로에서 연극을 보고 각자 집으로 향하기 싫은 우리는 더 같이 있고 싶었지만, 이곳은 고향과는 달리 돈이 없으면 같이 있을 곳이 없었다.

그나마 대학로는 돈 없는 학생들이 십시일반으로 조금씩 돈을 모아 막걸리, 소주 같은 저렴한 술과 과자류로 안주를 살 수 있었다.

그리고 그곳 마로니에 공원 주위에 자리를 깔고 앉아 그 청춘을 서로 위안하고 위무하고 있었다.

대학로의 5월은 싱그러웠다.

그렇지만 그 싱그러움이 우리를 더욱 상실감에 빠지게 했다.

난 마로니에 공원에서 김광석의 '거리에서'를 불렀다.

노래는 공원 주위의 나무들 사이로 덧없이 빠져나가고, 손으로 잡히지 않는 공기처럼 뭔가 헛헛한 기분이 들었다.

오후 6시에 조금씩 내리던 비는 7시쯤 되더니 더 굵어지며 거세졌다.

집으로 돌아갈 차비밖에 없던 우리는 종로 쪽으로 조금 내려와 대로변을 거닐다가 서울대학병원 영안실을 발견했다.

우린 서로의 동의를 구할 여력도 없이 그냥 그 병원 영안실의 지하로 향했다.

지하라서그런지 시멘트로 된 벽면은 축축했다.

안으로 더 들어가는 유리문이 있었지만 문이 잠겨 있어서 들어갈 수 없었던 우리는 그냥 지하 입구에서 비를 피하고 있었다.

비는 가까이 있는 모든 사물과 사람에 대한 몰입과 천착을 선물했다.

이유는 잘 설명이 안 되지만 비오는 날은 옆에 있는 사람과 물건들에 마냥 빠져들게 하는 묘한

힘이 있었다,

그날은 미옥에게 그랬다.

나는 입고 있던 청재킷을 벗어 축축한 바닥에 깔고 미옥과 나란히 앉았다.

난 그녀에게 입맞춤에 이어 거의 동시에 키스를 했고, 그녀는 스스럼없이 받아들였다.

그 후에 그녀의 혀를 탐닉하는 내 혀를 그녀가 더욱 깊게 받아들이는 걸 원하자, 더 깊은 키스를 시작했다. 그리고 더욱 격렬해진 난 그녀의 축축한 베이지색 티셔츠를 벗겨내고 그녀의 젖가슴을 만지며 입술로 애무를 시작했다.

그러자 그녀는 옅은 신음과 함께 나를 더 깊게 받아들이길 원했고, 나도 기꺼이 그녀가 원하는 걸 받아들였다.

한없는 쾌락은 나를 나에게서 수없이 분리시킬
정도로 강렬했다.

마치 나와 그녀가 영안실에 누워 있는 이들에
게 살아 있는 자의 기쁨과 생명의 잉태를 알리는
의식을 치르는 것 같았다.

난 그곳에 이런 낙서를 하고 있었다.

처음부터 이상한 거래

- 1992년 5월, 점도

삶을 응하는 조건으로 죽음을 받았다.

죽음을 응하는 조건으로 이성을 받았다.

이성을 응하는 조건으로 사랑을 받았다.

사랑을 응하는 조건으로 이별을 받았다.

이별을 응하는 조건으로 슬픔을 받았다.

슬픔을 응하는 조건으로 쾌락을 받았다.

쾌락을 응하는 조건으로 삶을 받았다.

뭔가 이상한 거래였다.

옷을 다시 입고 일어선 시간은 8시 15분 즈음
이었다.

주섬주섬 옷을 입으며 우린 서로 눈을 마주쳤
고, 미옥은 옅은 미소를 지었다.

일어선 나는 손과 발이 같이 움직여 바보 같은
걸음을 걸어 보여주었다.

그러면서 과거에 초등학고 졸업식 대표로 선발
되었지만 측대보[6]로 걸으면서 그 바보같은 걸
음때문에 선생님께 혼나고 다른 아이로 교체된
이야기를 미옥에게 해주었다.

미옥도 그날의 일을 기억하고 있었다.

---

6)   문명화 되지 않는 동물의 걸음걸이.

미옥은 깔깔대며 웃었지만 금새 우리는 깊이
숨겨져 있는 우울과 슬픔의 절단면을 깨끗하게
잘라내지 못했다.

난 미옥에게 오늘은 집에 가지 말고 우리 집에
가자고 제안을 했지만, 그녀는 싫지 않은 표정으
로 다음에 만나자는 말로 화답했다.

그때 난 검도관에서 숙식을 해결하고 있었다.

오갈 데 없는 나를 관장님이 약간의 생활비와
숙식을 해결해 주는 조건으로, 관원들 등하교와
세 시간 동안 검도 교습을 하는 것이었다.

그날 난 허기진 마음을 호연과의 대련으로 채

우기로 마음먹었다.

전화를 받은 호연은 마치 기다렸다는 듯이 응했고, 여덟 시로 대련 시간을 정했다.

녀석은 초등학교 때부터 같이 수련을 해온 친구였고, 시합을 나갈 때 항상 같이했던 3인조 중한 명이었다.

난 고등학교 2학년까지 검도장을 다녔다.

이유는 3단 단증 때문이었다.

학력고사 때문에 검도관을 중단하려 했지만, 아무리 검도를 잘해도 3단 단증은 18세 이상에게만 자격을 주는 조건 때문에 다녀야만 했다.

녀석은 중2까지만 다니고 검도장을 찾지 않았지만, 검도 시합의 쾌감을 잊지 못해 가끔 한 번씩 나와 대련을 하곤 했었다.

이번 시합은 호를 사용하기로 마음먹었다.

호는 죽도로 말하면 네 조각 중 줄이 있는 쪽이 등, 그 반대쪽이 칼날, 양 사이드의 두쪽이 바로 호인데 왼쪽이 겉 호, 오른쪽이 안 호이다.

호를 사용하려면 우선 호완[7]의 질이 중요한데, 난 다행히 손바닥에는 최고로 부드러운 사슴 가죽이 사용된 호완을 가지고 있었다.

호연은 오늘 중단을 잡았다.

중단에서는 중심 뺏기 기술로 호를 사용하기가 용이하다.

---

7)　죽도를 쥘 때 사용하는 검도용 장갑

호연과 나는 먼저 들어오기를 기다리고 있었다.

실력이 비슷하면 먼저 들어오는 쪽이 불리하다는 걸 서로 알고 있었기 때문이다.

호완의 사슴 가죽은 본체가(사슴) 죽은 후 초식동물에서 육식동물로 육화된 물건으로 다시 태어난 걸 자랑스럽게 여기고 있는 듯했다.

사실 호완을 제공한 사슴이 발정난 숫 사슴 둘이 암사슴을 차지하기 위해 서로 결투를 했던 사슴 중의 한 마리였을지도 모를 일 아니던가? 이런 생각이 잠깐 들었다,

나에게 장착된 호면, 면수건, 갑, 호완, 그리고 죽도까지 모든 검도 장구들은 나의 호흡에 맞춰지고 있었다. 심지어 나의 가장 믿지 못할 눈,

귀, 미각, 촉각, 후각까지 모든 감각 기관은 나의 명령에 따라 상대에게 집중하고 있었다.

승패를 떠나 이 순간이야말로 내 삶이 가장 온전히 존재하는 순간이란 생각이 들었다.

모든 감각이 나를 위해서 이렇게 헌신한 적이 있었던가?

그래서 내부 단속 용의로 위정자가 나라가 혼란스러우면 전쟁에 귀가 솔깃한다는 이론이 문득 스쳐갔다.

아마 그건 호연도 마찬가지란 생각을 했다.

난 두 번 밀고 뒤로 한 번 밀린 뒤, 머리치기로 뛰어들었다.

순간 호연은 들어오는 머리를 피하면서 전광석

저피스토

화처럼 왼 허리치기로 받아 내고 이동하여[8] 존 심을 취하고 있었다.

전화가 울린 건 그때였다.

미옥이었다.

'항상 미옥은 이럴 때 등장해서 날 도와주는군.'

이런 생각을 하며 전화를 받았다.

전화기 속의 그녀는 말을 잇지 못하고 흐느끼고만 있었다.

---

8)   공격자가 상대방을 공격한 이후 즉시 본래의 자세를 갖추어상대의 다음 공격에 대응하는 자세.

점도:

무슨 일이야?

미옥:

아버지가 돌아가셨어

그때, 난 많은 말이 필요하지 않음을 직감적으로 알아차렸다.

한참의 침묵이 오히려 더 위로가 되리란 걸 우린 알고 있었다.

난 그냥 듣고만 있었지만, 내가 그녀의 마음에 귀 기울이고 있음을 나와 미옥은 알고 있었다.

난 장례식에 가지 않기로 했다,

이유는 현재 내 모습에 만족하지 못했고, 왠지 사람들과 엮여서 그 엄숙함과 가식적인 행동, 위선적인 역할을 해내는 게 쉽지 않았기 때문이었다.

장례식이 열흘 정도 지난 후에 미옥을 만났다.

그녀는 슬픔 속에서 벗어날 생각을 하지 않는 것 같았다.

아마 그것은 '슬픔보다 더 지독한 경험하지 못한 감정을 혹시 맞닥뜨리지 않을까?' 해서 그랬을 거라고 생각했다.

그런 그녀에게 난 같이 지내자고 제안을 했고, 그녀는 그것을 받아들였다.

그렇게 난 미옥과 지하 단칸방에서 같이 살게 되었다.

그때가 내 인생의 화양연화였다.

난 단칸방의 경제를 책임지는 일로 음악다방에서 디제이 수업을 받으며 일을 했고, 그녀는 수영 강습을 했다.

난 미옥이 강습하는 수영장에 딱 한 번 가본 적이 있었다.

수영장은 보호자가 볼 수 있는 유리가 있어서 수영장 안을 볼 수 있게 되어 있었다.

상급반 강습을 하는 미옥의 모습은 밖에서 보는 모습과는 또 다른 모습이었다.

그녀는 평소에 나에게 뭔가를 강요하거나 뭘

시키거나 불만을 제기하거나 하지 않았다.

그렇지만 누구보다 난 그녀를 위해서 움직였고, 그녀의 열성 당원이었다.

그것은 아마 평소에 그녀가 내게 보여준 행동 양식 때문이 아닌가 하는 생각을 갖게 되었다,

뭔가 원하지 않으니 난 그녀를 숨은그림찾기나 숨바꼭질을 하듯이, 그녀가 원하는 걸 찾아다닐 수밖에 없었던 것이다.

하지만 수영장에선 달랐다.

회원들에게 그녀는 직관적이며 직선거리에서 가장 빠른 길을 찾아서 강의를 했다.

우리의 화양연화

EN1-기초 지구력의 웜업 수준.

EN2-살짝 숨이 차는 역치 지구력 운동.

EN3-과부하 지구력 운동.

SP1-젖산 내성 훈련.

SP2-SPRINT_POWER TRAINING

SP3-파워 향상 훈련 50미터 ALL OUT

그녀는 다섯 가지 단계를 매일 회원들에게 경험하게 했고, 회원들은 힘들었지만 어떤 강사보다도 그녀를 신뢰하고 있었다.

한 번은 이런 그녀의 모습을 못마땅해하는 수영장을 관리하는 총무과장의 눈밖에 나서 강사직을 그만두게 될 처지가 됐지만, 회원들의 탄원서와 항의로 다시 복직한 일도 있었다.

그녀는 수영장에서의 모든 행동은 수영장 밖에서의 행동과는 다르게 해야 된다는 걸 알고 있는 것처럼 유연하게 처신했다.

그 처신은 수영장에서의 큰 존재감으로 다가왔고, 그녀는 결과물을 위해 본인을 철저히 희생시켰다.

하지만 학업과 수영 강습은 그녀의 몸을 옥죄어 왔고, 무엇이든 어떤 일이던 그 속에 그녀가 존재하지 않으면 안 되는 그녀의 성정은 그녀의 육체를 자주 실신으로 이어지게 만들었다.

그럴 때마다 응급실에 실려 갔었지만, 그녀의 병을 완벽히 알 수 없었다.

응급실에 다녀온 그녀는 마치 실어증 환자처럼 말을 하지 않았다.

난 그 우울한 감정을 벗어나기 위해서 숫자로 부호화된 언어를 만들었다.

그리고 손가락이나 색연필로 신문에 숫자를 써서 서로의 의사를 소통했다.

의사소통을 입이 아닌 손가락으로 할 수 있어

서 입으로는 온전히 음식에 집중할 수 있었다.

문득 어렸을 때 밥상에서 말을 하면 아버지에게 혼났던 생각이 스쳤다.

그래서 우린 우리만의 언어를 만들었다.

예를 들면 1-나, 2-너, 3-피곤해 잠만 같이 자자, 4-죽을래, 5-싫어, 6-넘친다, 7-행운이 함께, 8-섹스하자, 9-받아들여, 10-좋아

예를 들면 이런 식이었다.

점도:

2, 1, 8?

미옥:

5, 6

점도:

3

미옥:

9

같이 살면서 누렸던 기쁨 중 가장 큰 기쁨은 음악이었다.

그녀와 나는 클래식과 재즈, 발라드, 심지어 뽕짝도 카세트테이프에 녹음을 해놓았다.

저녁 시간이 되면 항상 그녀는 쇼팽의 녹턴 Op. 9 No.1, 슈베르트의 '세레나데', 엔니오 모리코네의 '키 마이(Chi Mai)', '걸 프롬 이파네마(The Girl From Ipanema)', 이문세의 '소녀', 시네마천국 OST 사랑의 테마, 아웃 오브 아프리카 OST 등의 음악을 틀어 달라고 했다.

특히 비 오는 날 에릭 사티의 '짐노페디'는 둘 간의 암묵지였다.

난 턴테이블 두 개로 한 곡이 끝날 무렵 다른 턴테이블이 곧바로 이어 돌아갈 수 있도록 손으로 LP판을 잡고 있다가 다음 곡이 끝날 때 놓는 방법으로 음악의 흥취가 멈추지 않게 해주었다.

그건 같이 일하는 디제이에게 배운 기술이었다.

그녀는 그 기술을 매우 놀라워했고, 내가 들려준 노래를 들의면서 음식을 만들었고 행복해했다.

평일엔 생선구이, 스파게티, 찌개류를 요리했고, 반찬으론 기존의 김장김치에 상추나 배추겉절이, 깨를 갈아서 만든 호박나물과 고사리 종류였다. 금요일엔 동파육이나 삼겹살 그리고 스키야키 같은 요리 중 하나에 와인과 맥주를 곁들였다.

경제적으로 수입은 그리 많지 않았지만 특별히 지출할 곳이 없고, 저축을 하지 않는 상황에서 우린 요리와 문화 생활에는 아낌없이 돈을 지출할 수 있었다.

어느 날 후식으로 참외를 먹고 기분 좋은 속

트림을 하고 미옥과 누워 비디오를 보는데 호연에게서 전화가 왔다.

마저 다하지 못한 시합을 내일 도장에서 오후 8시에 하자는 거였다.

난 미옥을 보면서 좋다고 말을 했지만, 그녀는 고개를 절래절래 흔들었다.

전화가 끝나자마자 난 어렵게 구한 48회 전 일본선수권대회 영상을 비디오로 보았다.

아마 백 번쯤 본 영상이었다.

미야자키 마사히로와 에이가 나오키의 시합 영상이었다.

당시 7단에 일곱 번 우승한 미야자키 마사히로가 이번에 이기면 3연속 우승을 노릴 수 있는 상황이었다. 그의 상대는 홋카이도에서 올라온 세른세 살의 신예, 에이가 나오키였다. 결승전 시합은 보통 5분가량이지만, 이 시합은 7분 25초짜리 영상이었다.

둘의 시합은 마치 투계장의 닭들과 닮아 있었다.

그들이 시합을 할 땐 한 치의 오차와 실수를 용납하지 않는 고수들의 명승부였다.

서양의 똘레랑스(허용 오차) 같은 말은 있을 수 없는 승부였다.

비디오에 집중한 나머지 비디오 안으로 들어갈 듯한 나에게 미옥은 웃으며 말을 한다.

저피스토

미옥:

미야자키는 3분 33초에 손목의 기회를 놓쳤어.

미옥도 서른 번 이상은 보았을 경기였으니, 어지간한 내용은 외우고 있었던 것이다.

난 웃으며 미옥에게 캔맥주 한 개를 부탁했다.

실증을 잘 내는 내가 어떻게 같은 영상을 백 번 넘게 볼 수 있는지 신기했지만, 곧 다시 영상에 빠져들었다.

점도:

이건 정치적인 게임이야.

3연승을 저지하고, 신예에게 기회를 주고픈 사

람의 마음이 합쳐진 정치적인 쇼일 뿐이야!

그렇지 않고서야 3분 33초 미야자키의 손목치기가 에이가 나오키의 손동작에 뒤처지지 않는데, 왜 한판을 주지 않느냐는 거지!

미옥:

자동으로 점수를 주는 기계가 나오지 않는 이상, 인간이 벌이는 이런 승부는 어떤 곳에서든 같을 수밖에 없을 거야

아마 세상은 우리가 보는 세상과는 다른 형태나 다른 관점에서 보는 조물주가 지배하는 곳일지도 몰라!

어떻게 보면 세상일들은 수리적으로 계산이 되

지 않을지도 몰라!

검도:

난 검도가 세상 어느 일보다 앞뒤, 그리고 결과가 정확하다고 생각했었어.

수련을 하고, 그것을 파하고, 다시 그것을 내 것으로 만드는 과정은 수학 공부를 하는 것과 너무 닮아 있어.

그렇지만 시합으로 그것을 평가한다는 건 전혀 다른 이야기 같아! 그 지점에서 모든 문제가 생기는 것 같고….

사실 평가한다는 건 수학과 검도의 이론을 억지로 맞붙여 대결시키는 것처럼 어이없는 일이 아닐까 하는 생각이 들어.

수학과 검도를 수련하는 방법과 상황 그리고 각자가 지닌 역량이 다 다르기 때문에 그것을 평가하기 위해서 공부한다는 건 의미가 없다는 말이지!

수학과 검도의 시합은 공정함이 결여되어 말이 되지 않지만, 검도와 수학 그리고 그 구조를 하나의 묶음으로 생각한다면 가능할 수도 있다는 생각을 했어.

하지만 평가 자체가 힘들다는 게 문제야.

운 좋게 한판을 따냈지만 지름길을 놓쳤다면 검도는 이겼지만, 수학으로 봐선 틀릴 수 있다는 이야기이지.

모순적이어야 인간적이란 말처럼, 평가 자체가 힘들다는 건 다른 면으로 보면 옳다는 반증일 수 있어.

만약 똑같은 지능의 뇌와 같은 체구의 신체, 같은 환경에서 자란 사람들과 경쟁을 시켜야 맞는 이야기란 거지.

그렇지 않다면 일일이 가점과 감점을 매겨서 평가를 하던지.

예를 들면 지능이 높으니까 마이너스 1점, 키가 작으니까 플러스 2점, 열악한 환경에서 자랐으니까 플러스 3점 이렇게 말이지.아마 그렇게 하면 지능, 신체, 환경 평가에 대한 의문을 품은 사람이 또 이의를 제기할 걸.

그렇다 보면 평가라는 게 얼마나 웃기는 일인지 알게 되겠지.

더 말이 되지 않는 건 조건(지능, 환경, 유전자)이 모두 같다면 시합이 되질 않아.

둘이서 아마 같은 칼이 계속 나올 걸!

그런데 현실에선 그렇지 않아!

난 이 지점이 궁금한 거야!

왜 모든 조건을 같게 해도 두 사람의 결과가 다른 이유를 어떤 이는 자유의지라고도 하고, 신의 의지라고도 하지만, 난 그걸 다른 방향에서 찾고 싶어.

이 글은 시간을 정확히 인지하지 못하는 신에 대한 불온한 시선으로 쓴 글인데 한번 읽어 봐.

저피스토

신 그리고 시간

우주의 나이 136억 년.

지구의 나이 46억 년.

사피엔스 30만 년.

인간 100년.

하지만 시간을 인지하지 못하는 136억 년의 지구가 무슨 의미가 있는가?

시간이란 개념을 이해할 수 있는 인지력이 없다면, 시간은 없는 것과 마찬가지 아닌가?

돌멩이, 지구, 우주는 오래 살지만 그들은 시간을 이해할 수 없다.

다시 말해서 시간을 인지하지 못하면 시간은 없는 것과 같다는 이유가 여기에 있다.

우리의 1분 1초가 억겁의 세월과 같은 이유인 것이다.

시간은 존재의 조건과 같이 상대적이고, 조건적이고, 일시적이어서 절대적인 양으로 가늠할 수 없다.

신들은 영원히 산다고 한다.

그렇지만 신들은 영원히 살기에(영생불사) 시간이란 개념을 가질 필요도, 가질 수도 없는 존재가 아닌가?

영원이란 개념은 시간이란 개념이 필요한데, 시간이란 개념이 필요 없으니 영원이란 개념을 획득했다고 볼 수 없기에 그들은 영원할 수 없다는 결론에 이른다.

아니면 시간이란 한정된 단어를 이해하려면 체화해야 되는데, 그걸 체화하려면 영생불사를 포기해야만 시간을 이해할 수 있기 때문이다. (한번도 죽은 신을 볼 수가 없지 않는가? 우리가 돌멩이, 지

121
우리의 화양연화

구, 우주의 영역을 알 수 없듯이, 신도 우리의 영역을 모를 것이라 추정함.)

그들은 영원성에 해당하는 다른 의미의 단어를 찾던지, 다른 차원에서 새로운 언어를 찾아야 된다.

'영원'이란 단어는 최소한 인간의 영역에선 인정할 수 없는, 또 인정될 수 없는 언어인 것이다.

그러니 신들은 선택해야 된다.

'영생불사'라는 있지도 않는 단어에 취해 있던지, '시간'이란 단어를 이해하고 한정된 시간을 향유하던지….

100년사는 어린 아이의 시간과 죽음을 앞둔 어느 암환자의 시간은 다르다.

아마 신들도 질투할 만큼 값진 시간이란 걸.

난 애써 우기고 싶다.

내가 쓴 글을 읽고 미옥이 웃으며 말을 한다.

미옥:

제목을 '신의 열등감'이라고 짓지 그랬어?

아마 앞에서 말한 바로 그 지점이 네가 말한 조물주와 개인의 자유의지가 서로 맞물리거나 섞여 있거나 의지하는 지점이지 않을까 싶어.

한편으론 그 지점부터는 사람들과의 경쟁의 결

과는 내가 책임지지 않아도 되는 거 아닌가? 이런 생각이 들어! 왜냐면 그 방식이 조물주가 세상을 돌리는 메커니즘이기 때문에….

점도:

그건 나약한 인간의 표상 중 하나야.

'신과 시간'이란 시에서처럼 인간이 꼭 신보다 낮은 곳에서 임해야 된다는, 꼭 겸손해야 된다는, 꼭 신의 표준대로 살지 않으면 죄책감을 가져야 된다는 걸 버려야 진정한 자유의지를 가지지 않을까 싶어.

미옥:

'운명'이란 단어는 이때 인간이 신에 대한 대응으로 만들어 낸 단어인 것 같아.

다시 말해서 자신이 저지른 잘못된 일도 자신의 자유의지가 아닌, 신의 의지로 생긴 일이라서 자신의 일을 회피하는 수단으로 운명이란 말을 만들었다는 생각이 들거든.

인간이 운명이란 부호화된 말을 만들지 못했다면, 내내 인간은 죄책감 속에 살아야 했을 거야!

난 다시 『검도총담』이란 책을 집어 들고 소파에 누웠다.

이 책은 우리나라에 마땅한 검도 교본이 없어

서 일본 검도 고수들의 좋은 글들을 번역한 책이
었다.

너덜너덜할 정도로 자주 책을 보았지만 유일하
게 보지 않는 페이지가 있었다.

바로 7페이지의 '머리말' 부분이었다,

머리말은 이런 내용이었다.

저자는 번역의 어려움을 적절한 단어 선택의
문제, 문화적인 격차, 집단적 공동인식의 부족 때
문이라고 설명했다.

모두 수긍하고 인정하기 어려웠지만, 끝부분
의 이 문장이 그 이유를 설명하기에 부족함이
없었다.

'상대를 이기는 방법은 상대를 자세히 아는 것이지 무시하는 것이 아니다.'

이 문장이 저번 시합에서 호연을 제압하지 못한 것에 대한 충분한 설명이 되는 것 같았다.

다음날 시합을 하기로 약속한 시간보다 한 시간 먼저 도착한 내가 몸을 풀고 있을 때, 호연은 10여 분이 지나서 도착했다.

호연이 도착하자, 우린 누가 먼저랄 것도 없이 호구를 착용하기 시작했다.

땀에 찌든 호구를 쓰는 건 항상 비행기의 V1 속도처럼[9] 한 번 쓰면 시합이 끝날 때까지 벗을

---

9) 결심 속도, 이륙을 멈출 수 없는 속도.

수 없다는 생각이 들었다,

　반면에 면수건은 달랐다.

　면수건을 쓰는 동안 잘못 썼다고 생각이 들면 몇 번이고 고쳐 쓰곤 했다.

　면수건의 용도는 호면 속 머리에서 나는 땀을 흡수하고, 타격 시 충격을 완화해 주는 역할이다.

　만지는 순간 라벤더 향이 나고, 미옥이 세탁 후에 다림질을 해서 네모반듯한 직사각형 면수건은 검도의 모든 것은 근육이 아니라, 말랑말랑한 뇌에서 나온다는 걸 말해 주는 것 같았다. 하지만 호면이 수건을 짓누르는 순간은 다른 생각을 하게 했다.

바로 생각의 방향성이었다.

호면과 면수건의 역할이 다르지만, 지금은 뭔가를 위해서 각자의 역할이 중요하다는 걸 인지하는 순간이었다.

다른 면수건은 검도를 하는 선수들의 그림과 검도의 호전적인 용어들, 예를 들면 일격필살, 기검체일치, 필승 등이었지만, 오늘 가져간 그림은 그냥 벚꽃 그림과 일본식 차경정원을 수를 놓은 그림이었다.

호연이 오기 전에 호연에 대해서 많은 생각을 했었다.

호연은 나랑 같이 시골에서 올라왔지만, 서울

에 집이 있고, 서울대를 다니고 있으며, 살림을 도맡아 해주는 아주머니를 고용할 정도로 부유한 집안이었다.

녀석은 미옥을 좋아했고, 난 그것을 알았지만 모르는 척 넘기곤 했다.

그걸 확인하는 순간 호연의 생각을 인정하게 되고, 인정하는 만큼 미옥이 나에게서 멀어져 갈 거란 묘한 감정이 똬리를 틀고 있었다.

그 생각은 『검도총담』의 머리말을 읽고 바뀌었다.

우린 그걸 몸으로 확인하는 중인지도 몰랐다.

아마 녀석도 그걸 알고 있었으리란 생각이 들 무렵, 호연이 도착했었다.

호연:

미옥은 괜찮아?

점도:

아직은….

185센티가 넘는 큰 키의 호연은 상단을 잡고, 난 중단을 잡았다.

난 호구 안 강렬한 눈빛의 호연을 맞이했다.

170센티가 조금 안 되는 난 그를 위로 올려다 보면서 거리를 잡았다.

키가 작았지만 난 키에 대한 콤플렉스는 한 번

도 없었다.

'지구 중력에 가장 적당한 키는 165센티이다.' 그런데 난 너무 크다.

평균키보다 1센티가 클 때마다 0.3세에서 0.46세 수명이 줄어든다.

이유는 암 때문인데, 암은 세포의 양에 비례해서 생기기 때문이다.

난 이런 말을 입에 달고 다니곤 했다.

이외에도 단신에 대한 비아냥을 들으면 '하늘이 무너져도 걱정 없다. 키 큰 사람이 받쳐 주기 때문이다.'라는 등소평의 말로 받아치곤 했다.

그렇지만 오늘은 아니었다.

키가 큰 호연의 상단은 너무 위압적으로 다가왔다.

사실 검도는 큰 키와 큰 덩치를 가진 사람이 유리한 다른 격투기와는 달리 공정한 운동이다.

그것은 칼이 있기 때문이다.

칼은 덩치가 크든, 힘이 세든, 키가 크든 간에 단칼에 절단 낼 수 있기 때문이다.

그래서 검도는 두 번의 시합은 없다고 한다.

죽은 사람이 다시 살아날 수 없기 때문이다.

상단의 매력은 위로 솟아오른 죽도가 상대를 위압하고 언제든 내리찍을 수 있다는 점이었다.

그는 나보다 15센티가 큰 키에 120센티 대도 죽도와 60센티 소도 죽도를 양손으로 하나씩 잡고 왼손은 방어, 오른손은 위로 치켜들어 언제든 내리찍을 수 있는 공격 자세를 취하고 있었다.

하지만 상단의 취약점은 양손으로 죽도를 들고 시합 내내 죽도를 위로 올린 자세여서 체력 소모가 심하다는 것이었다.

반면에 장점은 위로 솟은 칼의 모습은 상대에게 심리적인 위압감을 줄 수 있고, 언제든 상대를 내리칠 수 있는 엄청난 공격력이었다.

반면 중단은 죽도를 자신의 배꼽 부분에서 양손을 잡고, 끝부분은 상대의 눈을 향한 자세로써 가장 안정되고 체력적으로 소모가 적은 자세였다.

호연과의 시합에서 난 두 가지를 승리의 핵심으로 보았다.

체력 소모와 상단의 허점이었다.

체력 소모는 약간의 허점을 보이면서 공격을 유도해 시간을 끌면서 진행하면 되었지만, 상단의 허점인 손목치기는 호연도 잘 알고 있었기 때문에 여간해서 손목을 내어 주진 않았다.

단판 승부의 묘미는 초심자도 고단자를 이길 수 있다는 것이다.

여러 번 시합을 하면 고단자가 이길 확률이 높겠지만, 단판 승부는 그날의 컨디션, 환경, 상대를 보는 심안[10]에 따라서 얼마든지 시합의 승패가 바뀔 수 있기 때문이다.

난 3분 후에 기회가 있다고 판단을 내렸다.

계속해서 공격을 유도해 체력을 방전시키고, 3분 후에 손목을 노리겠다는 생각이었다.

3분 후에 난 지쳐 보이는 높이 올라간 호연의 손목을 치러 뛰어들었다.

웬걸, 호연은 그걸 알고 있었다는 듯 손목을 빼면서 뛰어드는 나를 밀어 버렸다.

그 순간 난 공중에 2미터 정도 붕 뜬 상태에서 바닥에 내던져지고 말았다.

---

10) 검도의 마음의 눈. 단순히 눈에 보이는 것만이 아닌 상대와 나를 파악하는 눈

그렇게 붕 떠 있던 순간이 몇 십 년처럼 길게 느껴질 수 있었는지, 난 이해할 수 없었다.

그 이후로 호연과의 시합만큼 내 모든 장기와 세포가 한 몸이 된 적은 없었다.

그 이유는 미옥 때문이었다.

호연에 대한 나의 질투심은 나를 더욱 자극시키기에 충분했고, 우리는 그 감정에 충실했다.

그 뒤로 나와 미옥과의 동거는 끝이 나고 말았다.

그 일이 있은 후, 난 안개처럼 몽롱한 정신으

로 플라이휠 하우스 사업에 열중했고, 어찌된 일인지 그 이후의 시간은 과거와는 다르게 흐릿한 흐름과 함께 어느덧 중년의 나이에 들어섰다.

미옥과 호연은 그 이후로 한 번도 만나지 못했다.

그렇지만 항상 그들은 내 주위에 있는 것 같았다.

그 시간은 마치 허공에 떠서 부유하듯이 꿈을 꾸며 지나간 시간들이었다.

그도 그럴 것이 난 동창회에 한 번도 나가지 않았고, 동창들도 나를 찾지 않았기 때문이었다.

저피스토

마지막 비행을 위한 연습

호연의 소식은 신문을 통해서였다. 호연의 AGI 로봇은 신문을 통해서 소개되었고, 중국에선 꽤 유명인사가 되어 있었다.

호연을 만난 건 저피스토로부터 소식을 들은 후였다.

저피스토:

우리 주인이 오늘 온다네.

점도:

자네 주인?

도대체 무슨 말을 하는지!

저피스토:

만나보면 알아.

호연은 염색을 하지 않아 흰머리 그대로였고,
장신의 멋진 신사가 되어 있었다.
그는 저피스토를 이렇게 소개했다.

호연:

자네와 미옥을 위해서 만들었네.

점도:

자네들, 날 많이 놀라게 하는군!

뭘 만들었다는 말인가?

호연:

저피스토 말일세!

점도:

그럼 저피스토가 자네가 만든 AGI 휴머노이드

란 말인가?

호연:

꿈속에선 사람의 이인증처럼 자네와 저피스토

가 분리된다네.

그리고 내가 원할 때 둘을 분리시킬 수도 있고, 한사람을 대화에서 중단시킬 수 있다네.

사실 자네와 저피스토와의 대화는 둘을 분리해서 이루어진 대화라네.

저피스토의 몸에서 자네가 생성되고, 자네는 저피스토의 정신세계를 제공해 준다네.

저피스토는 처음엔 자네와 같은 생각이었지만, 시간이 지나 지식이 축적되는 과정에서 본인만의 생각을 관철하길 원했다네. 그래서 자네와 다른 관점을 갖게 된 거지.

사업을 할 때까지만 해도 그냥 자네의 생각을 따르는 수준이었다네.

만약 분리시키지 않았다면 저피스토가 자네에 게서 독립하기를 원할 거고, 그러면 자네의 정신 은 사라질 판이었네.

술 마실 땐 이미 이인화 될 때였고.

점도:

그럼 난 여태 연옥에서 해매고 있었군!

그럼 지금도 육체가 없이 자내와 대화를 하는 거겠군, 그래.

이제 생각하니 자네가 주인이라고 한 저피스토 의 말이 이해가 가네.

호연:

그런 셈이지만 꼭 그렇지 않다는 데 문제가 있다네.

점도:

저피스토는 도대체 인간의 어디까지 구현한 건가?

호연:

인지력은 인간 그 이상이라네.

지금은 초기지만, 다중 우주도 경험할 수 있을 정도는 된다네.

60개국 언어가 가능하고, 지금도 정보가 수집되면 자동으로 업그레이드를 통해서 입력된다네!

시간이 지날수록 저피스토는 우릴 압도할 정도의 지능과 정보를 보유하게 되지.

하지만 영원성을 확보한 그는 인간처럼 번식을 위해서 행복과 사랑이란 감정이 필요 없게 되어 버렸다네.[11]

계속해서 업그레이드를 할 뿐이지!

그렇지만 한 가지 문제가 있어.

이론적, 물리적으로 저피스토가 영원히 사는 건 맞다네.

---

11) 앞의 저피스토와 점도와의 대화를 다시 스토리로 구현한 프랙탈 구조임.

하지만 영원하다는 건 변하지 않는 정체성이 있어야 가능하다는 말인데, 저피스토는 자신을 이루는 근간이 없다네. 물론 자네를 토대로 만들었지만 자네도 지금과 미래의 자네는 바뀌지 않나? 결국은 세균들의 잔칫날 밥상이 되는 거고!

저피스토가 영원히 산다 해도 그것은 변화된 다른 모습이어야 될 텐데, 그걸 저피스토라 말할 수 있느냐는 거지!

창조론의 상의하달 식이 아닌 다윈의 진화론처럼 하의상달 식으로 창조되어 진다는 말일세.

영원히 산다기보다는 계속해서 변하는 도중이라고 말하는 게 정확하겠군![12]

---

12) 소설의 핵심으로 삶과 죽음의 경계를 없애는 문제를 고민한 작가의 흔적임.

점도:

내일이 마지막 비행인데, 지금 미옥은 어떤 생각을 하고 있는 건가?

호연:

저피스토를 보면서 그녀는 인간의 영원성을 위한 모든 바람은 헛되다고 생각하는 것 같아!

한정된 시간의 사랑과 행복이 결국 영원성보다 중요하단 걸 보여주려고 이곳에 오게 된 거 같기도 하고.

사실 맘만 먹으면 미옥을 자네처럼 뇌를 스캔해서 영원히 존재할 수 있게 할 수도 있다네.

사실 난 그녀를 보낼 마음의 준비가 되어 있지

않다네.

　호연과의 대화를 끝낸 후, 미옥을 보러 간 시간은 여덟 시가 조금 넘은 시간이었다.

　그녀는 미술관에 있었다.

　미술관엔 마침 구름 풍경작가 김우현의 작품들이 전시되어 있었다.

　4미터가 넘는 그녀의 역동적인 구름 그림을 보고 있으면 내가 구름 속으로 들어가 있는 듯한 느낌을 받았다.

　내일 비행을 마치 예고라도 하듯이 작가의 말대로 노동집약적인 그 그림은 (생동감, 박진감, 그리고 다른 세계로 나를 이동시키기 전의 이 세상과의 단절

로 생긴 긴장과 다른 세상에 대한 호기심 등 이런 느낌들

에 대한 동경)을 괄호를 쳐서 버린 후의 느낌을 '충

존감'이란 단어로 칭하고 싶었다.

마지막 비행을 위한 연습

충존감

있는 그곳에

충분히 머물며

지나온 자리마다

형태가 그대로 남아 있고

누구와 비교되어

자리매김 되지 않으며

세상 그 무엇으로도 압도당하지 않고

오직 들숨과 날숨만이 고요히 나를

확인시켜 준다.

저피스토

'충존감'이란 시는 소년이 소풍을 가는 그림 옆에 있었다.

그림 내용은 한 소년이 흑백으로 처리된 산길을 혼자서 배낭 노래 출발이 연상되는 그림이었다.

그녀는 키키를 만지고 있었다.

키키는 자기 주인이 내일 아침이 마지막이라는 걸 아는 듯했다.

주인의 손길을 마다하지 않고 오히려 자기가 주인을 위안하듯 앉아서 차분히 그녀의 손길을 털로 위로해 주는 듯 보였다.

마지막 비행을 위한 연습

점도:

내일 다섯 시쯤 일어나 준비하면 좋을 것 같은데.

미옥:

오늘 나와 시간을 보내면 안 돼?

점도:

호연은?

미옥:

중국으로 출발했을 거야!

호연은 그 일 이후에 힘든 시간을 보냈어.

나와 같이 있으면서도 한 번도 온전히 나란 사

람과 살지를 못했기 때문이지.

난 누워 있는 당신을 보고, 호연은 그런 나를 지켜만 보고 있었으니.

점도:

난 호연이 가진 부와 재능을 부러워했고, 그런 그를 질투했었어.

세 명이서 각자 원하는 사람이 있었으니 어떻게 보면 가장 안정된 구조라고 볼 수도 있겠네.

적응이 필요 없는 강력한 연결고리가 있는 집단처럼, 한편으론 그런 구조가 서로에게서 자유로워지는 걸 방해하는 불행한 상태일 수 있고.

미옥:

우린 행복한 순간이 오면, 다음에 불행이 오기에 너무 기뻐하지 말라고 배웠지!

요즘 내 생각은 기쁨 속엔 슬픔이 존재하고, 슬픔 속엔 기쁨이 있어서 굳이 그 감정을 절제하는 게 의미가 없다는 걸 느껴!

선과 악으로 모든 걸 재단한 중세시대의 단순함처럼 감정을 재단한다는 건 의미가 없다고 생각해.

이건 너무 감정을 단순하게 파악하는 것 같기도 하고.

더 확장해 보면 삶 속에 죽음이, 죽음 속엔 삶이 있어서 그 간극이 크게 의미 없게 느껴져!

저피스토

기쁠 때 마음껏 기뻐하고, 슬플 때 마음껏 슬퍼하는 것이야말로 가장 잘 사는 방법이 아닌가 해.

아직까지는 가장 세련된 생각 같기도 하고, 하지만 지나고 나면 또 진부한 행동이었다고 느끼겠지.

난 그렇게 생각하면서 하루를 보내.

그럼 오늘 하루가 마음에 들어.

내일이 기다려질 만큼….

세스나 172의 엔진음은 내 심장을 벌렁이게 했다.

그것은 검도 시합을 나가기 전에 느끼는 감정

과는 다른 심장의 신호였다.

세스나 172 안의 비컨은 안전 마진을 가리키는 등고선이 선명하게 드러나 보였다.

모든 장소와 장소를, 공간과 공간을, 사람과 사람 사이를 연결하는 도구인 이 비행기에 대해서 난 큰 애착을 가지고 있었다.

사실 '신이 있다면 그 사이가 아닐까?' 하는 물음을 항상 가지고 있었다.

왜냐면 신의 가장 큰 특성이 불사(不死)인데 인간과 인간이 연결되고, 동물과 동물, 인간과 지구, 결국 신과 인간이 연결된다면 인간도 불사할 수 있다는 생각이 들었기 때문이다.

신, 사이, 인간의 삼위일체. 뭐 이런 생각들을

하고 있었기 때문에 비행기를 상서로운 대상으로 보고 있었다.

난 비행 연습을 하면서 10시간 이상 비행해야 되는 긴 항로 세 곳을 제일 먼저 외워 두었다.

프랑크푸르트에서 리우데자네이루, 요하네스버그에서 홍콩, 도쿄에서 시카고… 이유는 아마 그 항로에선 가장 길고, 일정한 시간 동안 신의 영역에 아직 연결되지 않은 가능성과 잠재력이 있다는 생각 때문이었을 것이다.

미옥의 암은 날 무신론자에서 존재하지 않는 신을 만들어 내고 있었다.

울진 리조트의 비행 교관은 '두박'이라는 친구

였다.

그는 원래 경영컨설턴트로 일을 하다가 어렸을 적 꿈인 파일럿을 잊지 못해 이직을 한 친구였다.

그의 임무는 마지막 비행을 할 수 있도록 고객들에게 배행을 가르치고 연습을 시키는 일이었다.

건강 상태가 좋지 않거나, 노인이거나, 인지력이 부족해 비행기 운항을 도저히 못하는 고객은 고객과 같이 동승한 후에 본인은 낙하산으로 탈출해야 했다. 하지만 고객이 어느 정도 비행기를 조종할 수 있을 땐 본인은 그 비행기에 같이 타지 않아도 되기 때문에 비행을 누구보다 열심히

가르쳐 주었다.

오십대 중반인 그는 170센티의 키에 날렵한 몸은 아직도 100미터를 12초 5에 주파하고, 잘 단련된 몸은 흡사 F-14 전투기를 닮아 있었다.

환경론자이자 무신론자인 그는 농담처럼 이런 말을 하곤 했다.

'키가 180센티 이상 되고, 100킬로그램이 넘는 사람들은 환경세를 내게 해야 된다.

왜냐면 그들은 다른 이들에 비해 너무 과하게 먹고 배설하며, 산소를 축내고 이산화탄소를 배출하며, 다른 사람보다 많은 공간을 차지하기 때문이다.

하루 200킬로그램을 먹는 코끼리를 생각하면

쉽게 이해할 수 있을 것이다.

그나마 코끼리는 숲에 없어서는 안 되는 초지를 만들고, 다른 동물들이 먹을 수 있도록 물을 찾아내는 순기능이라도 있다. 하지만 그들의 순기능은 찾아보기 힘들며, 옛날처럼 근육을 필요로 하는 시대는 지났다. 설령 있다고 하더라도 로봇이 대체 가능하기 때문이라고 주장한다.'

항공사 입장에서 보면 조종사의 무게가 1킬로그램 늘 때마다 유료 화물 10킬로그램을 포기해야 된다.

그렇지만 '간접세를 통해서 이미 그들이 세금을 내고 있지 않냐?'라고 되물으면, 그는 이렇게 말한다.

'직접세를 내게 해야 그들에게 경종을 울릴 수 있고, 그렇게 되면 자연선택 이론에 의해서 자연스럽게 그들은 도태될 거란 말을 하곤 했다.

　울진리조트에 FFS[13]를 도입하려했지만 FSB[14]로 결정하게 되었다.

　비용 문제가 가장 크게 작용했지만, 더 큰 비중을 차지한 것은 그렇게 전문적인 교육이 필요치 않기 때문이었다.

　그리고 두박 교관의 입김이 많이 작용하기도

---

13)　움직임이 포함된 시뮬레이터.
14)　움직임이 포함되지 않는 시뮬레이터.

마지막 비행을 위한 연습

했다.

그는 누구보다 잉여, 허세, 거품, 사치… 이런 단어를 싫어하는 사람이었다.

이인화를 할 수 있는 방법을 호연에게 물어 알게 된 후, 난 자유롭게 저피스토의 몸에서 분리할 수 있었다.

다만 걱정은 저피스토의 자유의지가 점점 더 커진다는 것이었다.

커질수록 난 저피스토의 몸에서 빠져나오면서 미안함과 죄책감에 휩싸였다.

사실 가장 의문스러운 것은 그런 나의 생각이었다.

저피스토

미안함과 죄책감은 상대가 있어야 하는데, 그 상대가 명확하지 않다는 것이었다.

나의 분신인 저피스토에게, 이걸 만든 호연에게, 이걸 주관한 미옥에게 미안하다는 건 말이 되지 않았고, 그들이 아닌 다른 상대가 있어야만 가능한 생각이었기 때문이다.

그렇게 인간들이 신을 만들어 냈다는 생각보다는, 원래 신이 존재해야 되는 쪽에 생각이 더 가까워졌다.

사실 다른 사람들 중엔 지금까지 같은 몸을 사용한 저피스토에게, 이걸 가능케 한 호연에게, 어떻게든 생명을 유지시켜 준 미옥에게 미안함과 죄책감이 들 수도 있었다. 하지만 유독 난 이런 감정을 가지지 못한 걸 신기해했다.

그건 아마 내가 처한 현실과 다른 사람들이 처한 현실이 달라서일 거라고 생각했다.

그것은 미옥 때문일 것이다.

점도:

두박 교관이 내일 비행을 조금 미루자고 하던데….

미옥:

난 자유란 말을 참 좋아해. 그래서 그걸 찾아 헤맸었지.

그렇지만 지금 그 자유란 말이 현재는 존재할

수 없다는 결론을 내렸어!

　그 단어는 나란 존재로부터의 여행, 내 몸으로
부터의 해방, 나를 이루는 모든 것으로 부터의
탈출… 이런 것들이 선행되어야만 가능하다는
걸 알게 되었지.

　네가 선물해 준 내 여행을 막지 말아 줘.

-END

다음 스토리는 사전 예약 후,
서점이나 인터넷 판매가 아닌 주문한 사람에 한해서 보낼 예정임.